野木桃花句集

飛鳥《あすか》

深夜叢書社

飛鳥　あすか…………目次

カバー装画
歌川広重
「飛鳥山はな見」（江戸名所）より引用
国立国会図書館蔵

装丁
髙林昭太

飛鳥《あすか》

野木桃花句集

I

平成二十五年

地に還る落葉微熱の飛鳥山

冬ざれや声を持たざる街路灯

滝涸るる寡黙の人をまなかひに
気がかりな凍蝶薄ら日浴びてをり

方向の覚束無くて返り花

ちちよははよ冬の花火が見えますか

山内の闇の深さを除夜詣

負け独楽をしつかと胸に走り去る

禅寺の障子ゆるりと日を反す

早朝の屈伸運動寒に入る

鉤の手に曲り冬日の旧街道

挽きたての朝のコーヒー小正月

しんしんと雪の洗礼あすか人

早春の小石を嵌みしスニーカー

春暁や振子時計のリズミカル

やはらかく影を重ねて雛かな

雛の夜や仮名を散らして手漉和紙

余寒なほ鳥の伝言風切羽

ゆくほどに香り濃くなる梅林

灯を点す桃の節句の奥座敷

「創玄展」にて

水茎の濃きも淡きも春愁ひ

オカリナの笛のこゑとも涅槃西風

寄居虫のすむ岩小さき穴ひとつ

一枚は手付かずの畑春の暮

表札の木目際立つ花の雨

文士村ひねもす涅槃西風のなか

甲冑の集まってくる花の山

風薫るどこへ行くにもスニーカー

若葉風ビルの谷間の木のベンチ

行く先は誰にも告げず聖五月

横顔の少女孤独のサングラス
少年に少女に朱夏の海まぶし

臨月の子にほつこりと豆御飯

長女に男児誕生

産声は確かに男の子聖五月

安達太良へ予後の身かばふ白日傘

緑蔭にぽつんと置かれ乳母車

祭笛記憶の底に父の声

左折して出合ひ頭に牛蛙

静かな木しづかに暮るる青山河

古書店の梅雨のしめりを二階まで

祭笛そのひと節を胸に享く

千羽鶴みんな翔び立ち星祭

人知れず咲く月見草路地の風
無住寺に灼けてゐるなり力石

魂祭けふの重たき予定表

飛鳥山いのち惜しめと夕かなかな

足音も無く帰りゆく盆提灯

南無南無と寺の木の実を拾ひけり

切れ切れの弔辞ひぐらしふつと熄む

新涼や素肌になじむ母のもの

虫しぐれ朝まで点る部屋ひとつ

山峡の日差しを密に柿熟るる

触れたくて触れ得ぬ高さ烏瓜

深秋や夕日の匂ふ陶土小屋

遊行寺の闇を灯して曼殊沙華

しろがねの風に団栗落つる音

校正の付箋を増やす夜長かな

寝返りに夢の途切れて鉦叩

再校を終へて虫の音終風呂
ねぎらひの電話短く十三夜

だれかれの声の明るし里の秋

ひと畝の丈の吹かるる冬菜畑

長考の一句目を閉ぢ小夜時雨

華やかにひと間装ふ寒椿

冬の蝶小さき花も日を得たり

心身の眠りたりなき返り花

II

平成二十六年

山の手や雨あをあをと聖夜の灯

背中には見えない翼初御空

脱衣所の籠に白猫冬ぬくし

冬耕のほつと深息ついてをり

黒豆のことこと今日は主婦の顔

一日を俳句三昧餅焦がす

庭の花束ね正月飾りとす

寒の水顔を洗つてゐる背中

かすかなる音に佇む寒椿

蒼空のスカイラウンジ寒明くる

梅探る夫の歩幅に合はせをり

猫の恋曰く因縁ある屋敷

春雪の解くる早さに野の起伏

早春の光となりぬひと雫

飽かず見て心に積もる春の雪
うぐひすに呼吸をほつと整ふる

梅ほつほつ篠突く雨に軒を借る

まんさくの百花ほどけて雨催ひ

料峭やこつんと置かれ火消壺

定位置に轆轤の古ぶ遅日かな

陶工の沈思黙考夕桜

陶工の火の色をよむ花の冷

花明り本焼を待つ登窯

その里に添ひゆく暮しつばくらめ

寒禽の疎林五感を呼び覚ます

三寒のあるがままなる山河かな

春一番スクランブルの交差点

花うつぎ宮澤賢治の弾き語り

語り部のおのが影抱き早苗月

この道の行き止まりなり落し文

木下闇「なめとこ山の熊」と会ふ

安田誠一さん墓前にて

閼伽桶に水をたつぷり山清水

供花あまた首夏の匂ひに佇みし

身に深く心経唱ふ薫風裡

木蔭なき墓ふり返りふり返る

蜘蛛の囲の不意に揺れたる薄暮かな

三吾窯涼しき壺を遺しけり

黒塚の黙を深めて木下闇

ライオンの檻の古りたり戻り梅雨

縞馬の縞が向き変へ梅雨明くる

雨宿りして歩き出す羽抜鳥

カウベルの響く草原雷雨去る

アルプスの朝涼の風村満たす
雪渓の重なり合うて碧みたり

登山客言語坩堝のスイスかな

光芒を放ち蜘蛛の子散り散りに

新秋の灯して暗き美術館

旅装解く霧に巻かるるホテルの灯

かなかなのひところ残し古戦場

真青なる空に百顆の柿の照

残照にぽつと口開く通草の実

一握の大地の湿り草もみぢ

入港の一船を待つ鯊日和

あの島へ渡つてみたき水の秋

沈思黙考水引草の紅と白

秋冷の魔よけの指輪露店商

梟や不義理を本にわびてをり

ともがらの背より老いゆく石蕗の花

III

平成二十七年

あどけなき笑顔動物園小春

大寒や晩節の席譲り合ふ

いささかの気負ひ硯の海凍つる

端溪の小さな硯小夜時雨

二日はや見かけぬ猫が来てをりぬ

葱畑無口となりて抜けて来る

大寒や夕日放さぬビルの窓

幼児のほあんと欠伸四温晴

束の間の渡し舟なり北風が押す

船頭のギギッと冬日手繰り寄す

気負ひなき五指に幸あり初手水

総身に春の鼓動を土踏まず

立春の光の中へ子を帰す

余寒なほ音の出さうなシャンデリア

春愁ふどこかに詩神隠れしか
アポロンの影より出でて紋白蝶

囀を浴びてひとりの持ち時間

梅二月琳派好みは父譲り

白梅や無念無想の弱法師

名画観て海見て帰る遅日かな

結界やしつらひ終えし流し雛

潮騒に帰らぬ月日蜃気楼

帆船の時を旅する聖五月

磨ぎ汁の濁りをこぼす夕桜

はなびらの発光体となるさくら

料峭や松の樹影のあすか山

対岸へ渡る反橋花の冷
ほつほつと丈の揃はぬつくしんぼ

吹かれては炎息づき薪能

野外能闇に若葉の扉を開く

薫風や摺り足で来る橋懸り

楊貴妃にこころ華やぐ薪能

花は葉に伏目がちなるシテの舞ひ

薪能比翼連理の舞扇

満潮に身を翻す初燕

潮錆のベンチの並ぶ夕薄暑

磯蟹の爪小刻みに音こぼす

炎昼に朽ちる斑紋あめふらし

いつせいに爪をかざして磯の蟹

体内の水がこぽりと木下闇

七月の水ゆきわたる不動尊

雨蛙学校田の活気づく

真つ白な流木初夏の忘れ潮

中学校ねむの咲く窓シューベルト

幼児の息弾ませて海開き

七星の一つ傷つく天道虫

旱星サンゴの島の波頭

島の路地しんと静まり大暑かな

炎天下こつこつこつと水牛車

竹富へ波をたたみて星涼し

バスタブに夏の疲れを遠汽笛
一遍忌魚板をぽくと秋の空

落人の里の古りゆき糸瓜棚

風化せぬ大和言葉や涼新た

新涼の波形の乱れ心電図

長考のゴリラ反り身に秋惜しむ

鯊釣の大きなバケツ雲奔る

木の実独楽ベンチに犬と少年と

秋惜しむ終章となる鳥のこゑ

隠れ棲むけものの気配木の実落つ

画眉鳥は物真似上手柿熟るる

例幣使街道渋滞照紅葉

Ⅳ

平成二十八年

姿見のなかの歳月クリスマス

人気なき炭焼小屋に土埃

雨だれの前奏曲や木の実降る

片方を持たされてをり毛糸玉

雪しまく人影のなき通過駅

青春の遠のいてゆく初鏡

陣を組むほどにはあらぬ鴨の池

光浴び万の水仙飛ぶ構へ

早梅の下に休ませ耕耘機

傷深き俎板洗ふ薺粥

釣人の海鼠を釣つてしまひけり

梅園の遅速を賞でる好好爺

負けん気の大きくジャンプ卒業子

草青む触れて冷たき猫車

禅寺に日差し分け合ふ姫椿

膝寒し朝の勤行始まりぬ

千体の体内仏や余寒なほ

剝落の絵馬の混沌木の芽どき

先師ふと胸裏に花の飛鳥山

被災地の本音をぽつり夕桜

あの石の仔細は知らず遠蛙

世の隅に語る悲史あり落椿

飛花落花悲話呼び覚ます翁像

訥訥とふるさとのこと滝桜

蝶生る見覚えのある分教場

加速するわたしの時間桐の花

みどりの日人数分の茹で卵
マロニエの花真つ青な空がある

はつなつの大地の鼓動飛鳥山

三々五々集ひ五月の風を聴く

法螺貝の余韻四方へ朴の花

声あげて未知の世界へ揚雲雀

あねいもと蛙の声に寝まるなり

ありなしの風に遊べる小判草

望郷や水の匂ひの海月浮く

日照雨過ぎ仙人掌少し傾ぎけり

児の描く曲線直線海開き

麦藁帽上野の森の美大生

峰雲やからりと晴れて日本丸

搔き揚げに野菜たつぷり雷兆す

水母浮く言葉の海を漂へり

僧坊にまひまひつぶり雨つづく

緑陰に集ふ仲間や風自在

従心の一日過ぎ行く蝸牛

海の日や記憶の底に幼き日

黄昏の村から邑へ祭笛

菩提寺へ藍を涼しく着こなして
歳月はときに重たし髪洗ふ

髪を梳く鏡に秋のはじまりぬ

七十路へ素顔の一歩涼新た

精霊の宿る湿原霧襖
霧雨の足下濡らし旅鞄

はるかなる光と陰のすすき原

みづうみへ影の乱るるこぼれ萩

たちまちに霧に消えたる山上湖
一遍忌傘一本を荷となせり

この畦の主役脇役あかのまま

黒板の文字消し忘れ秋時雨

秋の灯に少し距離置くルノワール

人知れずどんぐり山へ背負ひ籠

梁太しひつそりかんと火消壺

古稀といふ節目の年や菊日和

耳付の香炉がひとつ冬の寺

田仕舞の煙まつすぐ陶の里

干し大根いつしかなじむ里ぐらし

しぐれ来て往時をしのぶ三吾窯

V

平成二十九年

小夜時雨熱き便りを読み返す

缶コーヒー熱きをほいと初時雨

鰤大根あとは余熱の小半日

鯛焼のほどよき熱さ夫へかな

ちびつこのぢいぢが好きでお年玉

元朝の沖に一礼真潮の香

凍蝶の手よりたつとき光負ふ

もの持たぬ幸せもあり返り花

寒鯉のゆるり向き変ふ心字池

たわたわと餅花の赤躍りけり

繭玉を汝が作りしか梁古ぶ
恙なく過ぐる人日七分粥

裸木の枝のこみあふ風の沙汰

四温晴夫婦の会話弾みをり

薄氷やぷかりぷかりと余力あり

末黒野を来て村人の顔となる

こんな日はどこに佐保姫かくれしか

やはらかき少女の鎖骨ミモザ咲く

寡黙なる大壺伏せて二月尽

髪染めて心足る日の春ショール

母と児に真つ直ぐ伸びるつくしんぼ

こだはりの畝の高さや鳥曇

白梅や光琳屋敷に影法師

師の忌来る飛鳥の山の初桜

夢ひとつふたつみつよつ石鹼玉

居心地の良き距離に夫さくら咲く

隠沼の水の濁りや遅ざくら
銀輪の親子陽炎抜けて来る

火に仕へ水に仕へて昭和の日

屋久杉の箸の質感夏兆す

陽光の眩しみどりの柿若葉

午後からの日差しやはらぐ白牡丹

祝宴のワイン赤白風五月

夏兆す唐草模様の陣羽織

正宗の漆黒の太刀男梅雨

発心のあの日あの時朴の花

象嵌の鐙きらりと薄暑光

初もののつるりと零れ枇杷の種

梅雨に入る身の衰へは踵から

風涼し櫟の丘の休憩所

峰雲の塔の高みに風見鶏

休日の午後は気儘にパセリ摘む

蟬の殻靴脱石の闇に落つ

青柿の道に転がり回覧板

思ひ出の甦りたる茗荷汁

鯊日和親子の会話よく弾む

身の丈のくらしになじみ心太

打水やリニューアルせし喫茶店

滴りの音の涼しく釣瓶井戸

すれ違ふハスキーボイス萩の寺

傘傾げ径譲り合ふ曼殊沙華

敷石の雨に洗はれ一遍忌

全山を包む秋冷鳥の声

煮炊きする一日の暮らし敬老日

秋蝶のふはりと潜る冠木門

この壺は門外不出菊日和

秋雲の変幻自在船着き場

秋暑し見張りの海鵜かも知れぬ

マルメロの実を固くして孤独なり

白線の内側に立つ初時雨

今生の一隅照らす野路の菊

未完の稿胸に花野をさまよへり

風の丘歩け歩けと秋に会ふ

少女らの花火帰りの下駄の音

鳥渡る流れ豊かにいたち川

対岸の不毛な論争いわし雲

あとがき

俳句結社「あすか」は創刊主宰名取思郷先生のお住いに近い東京都北区の飛鳥山から命名されました。この句集は先師に捧げる思いから句集名を『飛鳥』と致しました。

句集を編むに当り熱心に背中を押し、励ましてくれた仲間の一人一人に心よりお礼を申し上げます。

また出版に際し、深夜叢書社主の齋藤愼爾先生、武良竜彦先生には、御多忙の中過分なお言葉を頂戴致しました。誠にうれしく有難いことと感謝致しております。そしてこれまでの三冊の句集の装丁をしてくださいました、髙林昭太様にはたいへんお世話になりました。記して厚くお礼申し上げます。

平成三十年四月

野木桃花

著者略歴

野木桃花（のぎ・とうか）本名・弘子

1946年　神奈川県生まれ
1966年　「あすか」主宰名取思郷に師事
1994年　「あすか」主宰継承

著書

三人句集『新樹光』（1965年）、『夏蝶』（1986年）、『君は海を見たか』（1997年）、『時を歩く』（2003年）、『野木桃花の世界』（2009年）、『けふの日を』（2013年）

日本文藝家協会会員、現代俳句協会会員、横浜俳話会参与
横浜ペンクラブ会員、全国俳誌協会役員

現住所

〒235-0036　横浜市磯子区中原2-5-10

飛鳥

発行日　2018年4月8日
著　者　野木桃花
発行者　齋藤愼爾
発行所　深夜叢書社
郵便番号 134-0087
東京都江戸川区清新町1-1-34-601
info@shinyasosho.com
印刷・製本　株式会社東京印書館

ISBN978-4-88032-445-6 C0092